Farbenlehre und Farbexperimente

urania

Martina Reimann

Farbenlehre und Farbexperimente

Mischungen • Kontraste • Wirkungen

Ab 12 Jahren

Inhalt

Vorwort

Hallo,
überall im Leben begegnen uns Farben. Manche finden wir sehr schön und einige sind sogar Lieblingsfarben. Andere finden wir hässlich oder sie regen uns auf, weil sie so grell sind. Farben regeln den Verkehr und können warnen oder beruhigen. Sie stimmen fröhlich, wenn sie freundlich und hell sind oder machen traurig, wenn die dunklen, vor allem tristen Farben überwiegen. Du hast das bestimmt auch schon einmal erlebt.

So ist das mit den Farben: Sie haben eine besondere Wirkung auf uns Menschen!

Viele Künstler und Künstlerinnen der Vergangenheit und der Gegenwart wissen um das Geheimnis der Farben und setzen diese wirkungsvoll in ihre Kunstwerke ein.

In diesem Buch findest du viele Beispiele und Übungen, um Farben mit all ihren Mischungen, Kontrasten und Wirkungen auf die Spur zu kommen.

Alles beginnt mit den Grundfarben und deren Mischungen. Später lernst du die verschiedenen Kontraste und die Wirkung der einzelnen Farbnuancen kennen.

So fällt es dir leicht, die verschiedenen Wirkungsmöglichkeiten der Farben in deinen Bildern gezielt einzusetzen und den Werken noch mehr Ausdruck und Atmosphäre zu verleihen! Auf die Mischung kommt es an.

Viele der Bildbeispiele in diesem Buch sind zusammen mit meinen Kindern Anna, Lena, Sarah und Manuel entstanden. Sie können dir Anregungen geben, deine ganz eigenen persönlichen Werke zu entwickeln.

Viel Spaß beim Malen,
Martina Reimann

Materialien und Techniken

Diese Materialien benötigst du

- Aquarellblock (matt)
- Bleistifte (B, 4B, 6B)
- Aquarellbuntstifte
- Wasserfarbkasten oder Aquarellfarben
- Deckweiß
- verschiedene Haarpinsel
- Ölkreiden (oder ersatzweise Wachskreiden)
- wasserfester feiner Permanentstift
- Küchenkrepp und Wasserbehälter

Ein paar wichtige Maltechniken in Kürze

Zu Beginn möchte ich dir einige Maltechniken vorstellen, die du für deine Bilder gut gebrauchen kannst. Du kannst dann immer mal wieder hier vorne nachschauen, um neue Anregungen zu finden.

Aquarelltechnik

Aquarelltechniken kannst du sowohl mit Aquarellfarben als auch mit Wasserfarben ausführen. Der Unterschied dieser beiden Farben liegt in der Qualität und im Preis. Aquarellfarben haben eine andere Zusammensetzung, sind in ihrer Konsistenz stärker pigmentiert und leuchtender, aufgrund dessen aber auch teurer. Wenn du im Moment Wasserfarben (Deckfarben) hast, kannst du mit diesen ebenfalls die Aquarelltechnik üben. Achte hierbei nur darauf, die Farben mit relativ viel Wasser anzuwenden.
Wenn du noch nicht so viele Erfahrungen im Aquarellmalen hast, kannst du dir gerne kleine Unterteilungen auf deinem Aquarellpapier aufzeichnen, um die ein oder andere Übung auszuprobieren. Hier beginnst du damit, am oberen Blattrand eine intensive Aquarellfarbe aufzutragen. Anschließend tauchst du den Pinsel nur in das Wasser und verstreichst die Farbe in einzelnen Schritten nach unten hin. Diese Technik wird beim Aquarellmalen sehr häufig verwendet.

Tipp
Haarpinsel sollten spitz zulaufen, damit sie richtig eingesetzt werden können. Inzwischen gibt es auch relativ preisgünstige Synthetikpinsel, die sich sehr gut eignen.

Das geht auch mit zwei Farben, die sich in der Mitte treffen. Wenn die Farbfläche getrocknet ist, hast du zudem die Möglichkeit, mit wenig Farbe am Pinsel weiter Muster oder Strukturen auf die Fläche zu malen (4. Bild). Zwischendurch wird es immer wieder wichtig sein, die bemalten Flächen trocknen zu lassen, bevor du weitere Schichten, Akzente oder Schattierungen in die Flächen setzt. Hier heißt es, die Geduld zu bewahren, denn sobald du in nasse Flächen malst, verschwimmt die Farbe. Klare Abgrenzungen sind auf diese Art und Weise nicht möglich.

Du kannst auch mit dem Pinsel und Aquarellfarbe zeichnen! Achte darauf, dass nicht zuviel Wasser und Farbe an dem Pinsel ist. Nach den ersten Linien solltest du unbedingt abwarten, bis die Fläche getrocknet ist, damit nichts verläuft.

Danach geht es mit der Gestaltung der Fläche weiter.

Tipp

Solange die Farbe noch nass ist, lässt sich überschüssige Farbe mit einem Küchenpapiertuch oder einem abgetrockneten Haarpinsel vorsichtig wegtupfen.

Bei dieser Übungsreihe siehst du bei den ersten beiden Bildern, was passiert, wenn du in der Nass-in-Nass-Technik malst. Die Farben verlaufen ineinander. Die beiden folgenden Bilder zeigen hingegen, was bei der Nass-auf-Trocken-Technik möglich ist. Hierbei musst du während des Malens immer wieder warten, bis die Flächen getrocknet sind. Du brauchst dabei also viel Geduld!

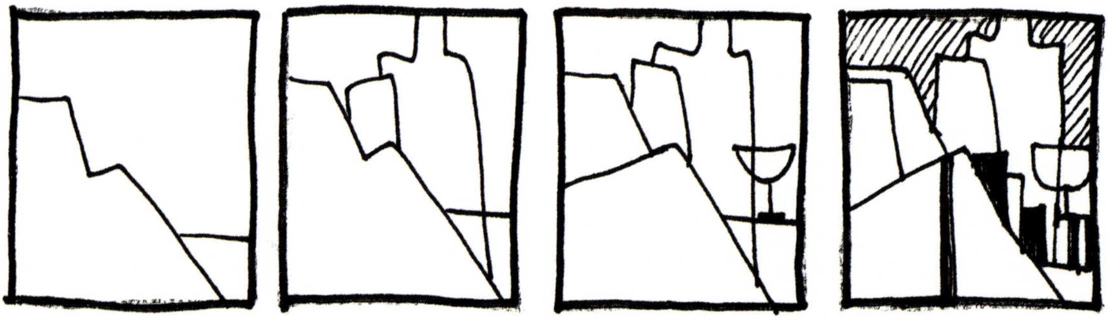

Zeichnen

Am Beginn eines Bildes steht oft das Zeichnen und Skizzieren. Du kannst Motive oder spontane Ideen in kürzester Zeit durch Skizzen darstellen und festhalten. Deshalb möchte ich dir hier auch die verschiedenen Aussagemöglichkeiten der Zeichnung vorstellen, beispielsweise Konturen und Umrisse, Schraffuren, Kreuzschraffuren, Formstrich und freie Lineatur, Skizzen anfertigen, Zeichnen mit harten und weichen Stiften, Gegenstände zeichnen und erfassen, Schichten zeichnen, Verwischen, Verdichten oder die Darstellung von Bewegung. Das Zeichnen ist auch eine sehr schöne Lockerungsübung – auch mal so zwischendurch im Alltag. Ob akkurate Zeichnungen, Kritzeleien oder schwungvolle Bewegungen: Probiere alles aus, denn Muster, Linien und Strukturen gibt es in großer Fülle.
Aus einfachen Umrissen entwickeln sich Gegenstände und Formen. Die Flächen füllst du zunächst mit einfachen Schwarzflächen und Schraffuren aus.

Auf kleinen Flächen kannst du Kreuzschraffuren üben oder einen Gegenstand durch die besondere Linienführung formen. Anschließend verdichtest du eine Fläche mit vielen kleinen, kritzelnden Bewegungen. So kannst du auch Bewegung darstellen. Viele Linien übereinander führen zur zeichnerischen Verdichtung.

Versuche es mit einem feinem Permanentstift und mit Bleistiften.

Aquarell und Zeichnen

Mit den Möglichkeiten des Zeichnens kannst du viele Motive noch verfeinern. Aquarellbuntstifte lassen sich trocken – als Buntstifte – oder angelöst mit Wasser verwenden.
Wichtig: Alle Techniken, die du vom Zeichnen kennst, gelten auch für das Arbeiten mit Aquarellbuntstiften – nur die Wirkung ist beim Anlösen mit Wasser anders.
Sehr interessante Ergebnisse kannst du auch mit einer Mischtechnik zwischen Zeichnen und Malen erzielen. Hier ist alles möglich: Kombinationen aus Zeichnungen und Schraffuren mit Stiften und Pinsel, das Setzen von Akzenten und Betonungen mittels Bleistift und Buntstift, Zeichnen mit wasserfestem Tusche- oder Permanentsstift in Kombination mit Aquarellfarben. Du kannst ein Motiv zunächst zeichnen und danach mit Aquarellfarben oder Aquarellbuntstiften weiter gestalten – es gibt keine Grenzen!

Eine andere Methode ist das Zeichnen nur mit Aquarellbuntstiften. Die Farbe wird, nachdem die Zeichnung fertig ist, noch vorsichtig mit einem dünnen Pinsel und Wasser auf dem Papier angelöst.

Wenn alles getrocknet ist, zeichnest du mit den Buntstiften noch weitere Akzente und vollendest damit das Bild.

Tipp
Durch einen bewegten Strich und Kreuzschraffuren wirkt dein Bild von Anfang an lebendig!

Das Zeichnen mit Aquarellbuntstift – Anlösen mit Wasser – wieder zeichnen …
… lässt sich viele Male wiederholen. Manchmal tut auch ein weicher Bleistift gute Dienste, um Feinheiten oder kleine Akzente zu setzen. Spannend ist es auch, mit wasserabweisenden Kreiden, wie z. B. Öl- oder Wachskreiden zuerst eine Zeichnung auf das Papier zu bringen. Dabei darfst du die Farben durchaus nebeneinander oder übereinander setzen.
Die freien Stellen im Bild werden anschließend mit Aquarellfarben in Aquarelltechnik gestaltet. Um die gewünschten Effekte zu erzielen, solltest du auf relativ glattem, feinkörnigem Papier arbeiten.

Tipp
Probiere einmal, den Aquarellbuntstift vor der Benutzung kurz mit der Spitze ins Wasser zu tauchen. Der Farbauftrag ist intensiver als mit einer trockenen Buntstiftspitze.

Wichtig ist jedoch, dass du mit den Wachs- oder Ölkreiden die Linien intensiv genug zeichnest. Bei diesem Beispiel war das im ersten Bild nicht der Fall und man erkennt sehr gut den Unterschied zu den anderen Bildern. Die Linien kommen nicht so gut zur Geltung.

Die Flächen kannst du auch in Aquarelltechnik gestalten, mal mehr und mal weniger Wasser nehmen oder Schichten malen.

Auch für naturalistische Darstellungen eignet sich diese Technik gut. Büsche und Bäume bekommen ebenso eine interessante Struktur wie eine Wiese mit kleinen gelben Blumen.

Tipp

Unterteile ein Aquarellpapier in kleine Felder und probiere die verschiedenen Möglichkeiten aus.

Eine bunte Mischung

Grundfarben und Mischfarben

Farben werden in Grundfarben, in Mischfarben zweiter Ordnung und in Mischfarben dritter Ordnung unterteilt.

Grundfarben sind die Farben, die nur aus sich selbst bestehen und sich nicht weiter zerlegen lassen. Sie werden auch Primärfarben oder Farben erster Ordnung genannt.

Farben zweiter Ordnung sind die Farben, die entstehen, wenn man zwei Grundfarben miteinander mischt.
Rot + Blau = Violett
Blau + Gelb = Grün
Gelb + Rot = Orange

Farben dritter Ordnung entstehen, wenn eine Grundfarbe mit einer Mischfarbe zweiter Ordnung vermengt wird oder auch wenn zwei unterschiedliche Mischfarben zweiter Ordnung miteinander gemischt werden.

Dabei entstehen eine ganze Anzahl von Braun- und Grüntönen. Probier es einfach mal aus!

Die Grundfarben – Freunde, die es bunt treiben

Allein aus den Grundfarben kannst du unendlich viele Mischfarben herstellen! Versuche einmal, diese Bilder nachzuarbeiten. Benutze dabei nur die drei Grundfarben aus deinem Aquarellkasten und mische damit alle anderen Farben.

Schneide oder reiße aus verschiedenen Papieren (Zeitung, Seidenpapier, Tonpapier) jeweils ein Stück Gelb, Rot und Blau heraus und klebe es auf das Aquarellpapier. Nun beginnst du, mit dem Pinsel in den passenden Farben um die aufgeklebten Stücke zu malen. Benutze dazu mal mehr und mal weniger Wasser, um die Farben zu verdünnen (heller zu machen) und lasse den Pinsel auf dem Papier tanzen.
Mischst du die jeweiligen Farben miteinander, so entstehen die Mischfarben: orange, grün und violett.

Wenn du magst, kannst du weitere Experimente ausführen, indem du auf trockenem Papier unterschiedliche „Pinselspuren" hinterlässt:

Bei dem unteren Beispiel wird das Aquarellpapier zuerst ganz in einem hellen Gelb (mit viel Wasser = hell) angemalt (grundiert). Nachdem die Farbe völlig getrocknet ist, zeichnest du mit einem Bleistift ganz viele Dreiecke über- und untereinander – große und kleine.
Diese Dreiecke malst du anschließend mit den Grundfarben und Mischfarben zweiter Ordnung ganz transparent (viel Wasser, wenig Farbe im Pinsel) aus. Wenn du hier ungeduldig bist und nicht wartest, bis die angrenzende Farbfläche vollständig getrocknet ist, verlaufen die Farben ineinander! Durch die Überlappung der transparenten Flächen können auch neue Farbmischungen entstehen.

Farbe trifft Zeichnung

Probiere einmal Folgendes aus: Zuerst setzt du die Mischungen von zwei Grundfarben in Aquarelltechnik (nass in nass) wie es dir gefällt auf das Aquarellpapier. Dabei kannst du viele unterschiedliche Töne mischen und experimentieren. Das ganze Aquarellblatt wird mit diesen Farben und ihren Mischungen gestaltet. Nun sollte die Farbe erst einmal trocknen.

Sobald das Papier völlig trocken ist, kannst du hierauf ein Motiv mit einem Bleistift zeichnerisch darstellen. Das kann zum Beispiel dein Sternzeichen oder auch ein anderes Motiv sein. Die gezeichnete Form kannst du mit weiteren Linien oder einem Muster füllen.

Im oberen Beispiel wurde das Motiv mit einem feinen, schwarzen Permanentstift ausgearbeitet.

Wenn du die Zeichnung mit einem dünnen Pinsel und schwarzen Aquarellfarben gestaltest, ist die Wirkung eine ganz andere.

Monochrom ist nicht monoton

Monochrom heißt so viel wie „einfarbig". Vielleicht möchtest du heute ein Bild ganz in deiner Lieblingsfarbe zeichnen und malen! Dabei kannst du Buntstifte, Ölkreiden und Aquarellfarben benutzen. Überlege dir ein schönes Muster und versuche, so viele Farbnuancen deiner Lieblingsfarbe wie möglich zu mischen.

Das gelingt, indem du verschiedene Farbtöne miteinander vermischst oder mal mehr und mal weniger Wasser zum Mischen verwendest. Nach dem Trocknen der Flächen ist es zudem möglich, die Farbe an bestimmten Stellen zu intensivieren oder Akzente zu setzen. Dazu kannst du die Aquarellbuntstifte gut einsetzen. Möglich ist aber auch, dass du verschiedene Papiersorten (z. B. Tapeten, Zeitungen oder Transparentpapier) in deiner Lieblingsfarbe mit Kleister auf das Papier klebst. Wenn alles getrocknet ist, gestaltet du das Bild mit Aquarellfarben weiter. Zum Schluss kannst du noch mit Aquarellbuntstiften Akzente setzen. So werden die einzelnen Papierstücke mit Zeichnungen und Linien verbunden.

Farben ziehen ihre Kreise

Kennst du die verschiedenen Farbkreise? Mit ihrer Hilfe kannst du das System der Grundfarben und ihrer Mischfarben, die zwischen den einzelnen Grundfarben liegen, gut erkennen.
Deshalb wäre es schön, selbst einmal einen Farbkreis aufzuzeichnen und zu gestalten. Jede Mischfarbe entsteht aus dem Vermengen der beiden angrenzenden Grundfarben.

Wenn du Lust hast, kannst du auch gerne einen 12- oder 24-teiligen Farbkreis herstellen. Beginne auch hier zuerst damit, die Grundfarben aufzumalen. Dann trägst du die Mischungen in kleineren Schritten ein, wodurch z. B. neben Orange auch Rotorange und Gelborange entstehen. Ebenso ist es mit den anderen Mischfarben.

Zur Übung bietet es sich an, vorher eine Farbskala anzulegen.

Von Gelb zu Blau
Von Blau zu Rot
Und von Rot zu Gelb

6-teiliger Farbkreis

12-teiliger Farbkreis

24-teiliger Farbkreis

Stadtansichten – Mischfarben zweiter Ordnung

Auf Postkarten, Kalenderblättern oder anderen Abbildungen von Städten findest du für die nächsten Bilder viele Anregungen. Wer die Möglichkeit hat, kann auch mit einer Digitalkamera einige Straßen und Häuserzeilen seiner Stadt fotografieren und diese anschließend auf einem DIN A4-Blatt ausdrucken.

Aus den verschiedenen Motiven suchst du dir eines aus und fertigst zuerst mit Bleistift eine Skizze an. Anschließend zeichnest du die Linien mit wasserfestem Permanentstift nach. Gestalte die Straßen und Häuser mit den Grundfarben und deren Mischfarben zweiter Ordnung farblich aus. Dazu kannst du alle Farben, die im sechsteiligen Farbkreis vorkommen, verwenden. Verändere auf dem Papier deine Vorlage nach deinen eigenen Ideen! So entstehen beispielsweise aus den grauen Wänden einer schwarz-weiß-Postkarte in deinem Bild bunte Fassaden.

Nachdem du schon die Farben verfremdet hast, besteht eine weitere Möglichkeit darin, die Form sehr stark zu verändern.

Dazu werden zunächst mit einem Bleistift sehr schiefe und krumme Häuser, Fenster und Türen aufgezeichnet. Wer mag, kann danach mit dem wasserfesten Permanentstift die Linien, die sichtbar bleiben sollen, nachzeichnen.

Tipp
Überflüssige Bleistiftlinien radierst du einfach weg, bevor es mit Aquarellfarben und Aquarellbuntstift an die Ausarbeitung geht.

Stadtansichten – Mischfarben dritter Ordnung

Sobald man die Mischfarben zweiter Ordnung miteinander oder mit anderen Grundfarben vermischt, entstehen ganz verschiedene grüne und braune Farbtöne. Wenn du dir den Farbkreis nochmals anschaust, dann siehst du, dass du Farben miteinander vermischst, die nicht nebeneinander stehen, sondern sich gegenüberliegen.
Die folgenden Beispiele zeigen dir, dass die Farbwirkung dadurch eine ganz andere ist! Die Farben wirken nicht so bunt, eher Ton in Ton.

Probiere auf einer Farbskala zuvor einige Mischungen aus, wie z. B. Grün – Orange, Blau – Orange oder Rot – Grün.

Du wirst staunen, wie unterschiedlich die Farbtöne ausfallen, je nachdem, wie viele Farbanteile sowohl von der einen als auch von der anderen Farbe enthalten sind.

Und dann kannst du daran gehen, eigene Fantasiestädte zu gestalten …

Landschaften: Gelb + Blau = Grün

Beim Malen von Landschaftsbildern verwendet man oft eher gedeckte Farben (Mischfarben dritter Ordnung), damit sie nicht zu bunt wirken. Dazu kannst du alle Farbtöne der Mischung zwischen Blau und Gelb verwenden, also Farben einer „Farbfamilie“. Zusätzlich werden in diese Mischungen noch ganz wenig Rot oder Rotorange hineingegeben. Mit den verschiedenen braunen Farbtönen, die dabei entstehen, kannst du die Komposition ergänzen.
In diesem Beispiel wurde die Landschaft zunächst mit einem wasserfesten Permanentstift gezeichnet und anschließend mit Aquarellfarben ausgestaltet.

Neben anderen Dingen spielt die Wahl der Maltechnik für die Bildwirkung auch eine große Rolle. Das kannst du bei den folgenden drei Bildern vergleichen.

Wasserfester Permanentstift und Ausarbeitung mit Aquarellfarbe

Aquarellbuntstifte gezeichnet und mit Wasser angelöst

Vorzeichnung mit Ölkreide und Ausarbeitung mit Aquarellfarbe

Farbexperimente

Farbanalyse – Violett

Wenn wir Mischfarben herstellen, stoßen wir immer wieder an Grenzen. Die Farben neigen dazu, schnell ihr Gleichgewicht zu verlieren. Wo beginnt das Orange und hört das Rot bzw. das Gelb auf? Ab wann ist das Blau schon eher Blauviolett oder doch Violett? Du hast bestimmt auch schon einmal festgestellt, dass es ziemlich schwierig sein kann, Violett zu mischen. Hierbei gibt es ein paar Besonderheiten zu beachten.

Dazu ein kleines, aber aufschlussreiches Experiment.

Zunächst benötigst du zwei selbst gemalte Farbskalen. Auf der ersten Farbskala stellst du in sieben Schritten Farbmischungen zwischen Ultramarinblau und Karminrot her, auf der anderen Farbmischungen zwischen Ultramarinblau und Zinnoberrot. Auf welcher Farbstufe liegt deiner Meinung nach Violett?

Nach dieser Übung wirst du feststellen, dass man mit Zinnoberrot kein Violett mischen kann. Das liegt an dem winzigen Gelbanteil im Zinnoberrot! Hier entstehen eher violett-bräunliche Farbnuancen.
In solchen Farbabstufungen kann man zudem die feine Balance zwischen den Farben erkennen. Manche Farben sind sehr dominant und färben dadurch die andere Farbe sehr schnell ein. Vielleicht hast du auch festgestellt, dass die Farbe Rot das Blau sehr schnell beeinflusst hat. In diesem Fall könntest du eine weitere Skala erstellen, in die du zunächst nur ganz wenig Rot einmischst.

Tipp
Merke dir diese Möglichkeit der Farbmischung, weil die Farben dieser Farbskala sehr gut zum Malen von farbigen Schatten genutzt werden können.

Rot – Orange – Magenta

Die Farbe Rot kann sehr unterschiedlich wirken, je nachdem, ob in ihr ein kleiner Blau- oder eher ein kleiner Gelbanteil enthalten ist.

In deinem Farbkasten findest du ein

- kaltes Rot in den Farbtönen: Karminrot und Magenta
- warmes Rot in den Farbtönen: Rotorange und Zinnoberrot

Kombiniert man in einem Bild kalte und warme rote Farbtöne mit Gelb und Zitronengelb, so kann das sehr interessant wirken!

In diesem Bildbeispiel wurden zunächst mit weißer Ölkreide kreuz und quer verlaufende Linien auf das Papier gezeichnet. Zur Mitte hin verdichten sich die Linien. Anschließend wurden die verschiedenen Rot- und Gelbtöne in Aquarelltechnik auf die Fläche gebracht.

Nach dem Trocknen der Fläche sind weitere Farbaufträge mit Aquarellfarben oder Aquarellbuntstiften möglich.
Das Ergebnis wirkt doch sehr dynamisch, oder?

Andere Grundfarben – andere Ergebnisse?

In dem Farbexperiment mit Violett auf Seite 25 konntest du gut feststellen, wie wichtig es sein kann, mit welchen Grundfarben man malt. Schon leichte Farbabweichungen können große Wirkungen im Ergebnis zeigen.
Bisher war es üblich, alle Farbmischungen mit Kadmiumgelb, Karminrot und Ultramarinblau herzustellen.

Heutzutage werden manchmal aber auch Zitronengelb, Magenta und Cyanblau als Grundfarben genannt. Diese Farben findest du auch als Farbpatronen in einem Farbdrucker.

Aus ihnen werden ebenso alle anderen Farben gemischt.
Bei dem folgenden Experiment kannst du ausprobieren, inwieweit sich die Farbmischungen der einen Farbkombination von der anderen unterscheiden.

Vergleiche dazu einen 12-teiligen Farbkreis mit den Grundfarben Zitronengelb, Magenta und Cyanblau mit einem zweiten Farbkreis, der auf den Grundfarben Kadmiumgelb, Karminrot und Ultramarinblau aufbaut.
Was kannst du hierbei feststellen?

Manche Farbmischungen sind leicht verändert, andere tauchen an einer anderen Stelle im Farbkreis auf.

Wichtig ist die Tatsache, dass verschiedene Ausgangsfarben zu unterschiedlichen Ergebnissen führen. Es hilft dir, wenn du diese Unterschiede beim Mischen der Farben kennst.

Zitronengelb
Magenta
Cyan

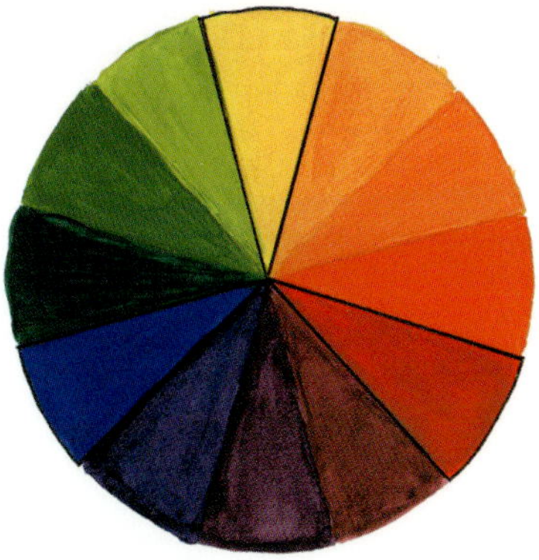

Kadmiumgelb
Karminrot
Ultramarinblau

Starke Kontraste

Kalt- und Warmkontrast

Farben werden nicht nur optisch, das heißt, mit dem Auge wahrgenommen. Sie lösen beim Betrachter auch Emotionen aus.

So kannst du beispielsweise eine Farbe als schön und angenehm empfinden, eine andere als hässlich und unangenehm. Diese Beurteilung ist individuell, kann also bei jedem anders sein.
Daneben spielt noch eine Rolle, ob wir eine Farbe als kalt oder warm empfinden.

Warme Farben sind Gelb, Rot und Orange. Sie erinnern an Feuer und Sonne. Alle farblichen Ableitungen, in denen Rot, Gelb oder Orange enthalten sind, nennt man ebenfalls warme Farben.

Kalte Farben sind Blau, Violett und Grün. Sie erinnern an Wasser und Eis. Alle farblichen Ableitungen, in denen diese Farben enthalten sind, nennt man ebenfalls kalte Farben.

Die Farben Grün und Violett sind ein Sonderfall und schwanken zwischen dem Bereich der warmen und kalten Farben. Sowohl Violett als auch Grün sind Mischfarben und setzen sich aus jeweils einer warmen und einer kalten Farbe zusammen (Rot + Blau = Violett, Gelb + Blau = Grün).
Der Charakter der Farben Grün und Violett wird also von dem Mengenverhältnis der beiden Komponenten bestimmt. Überwiegt der warme Farbanteil, so erscheinen die Farben ebenfalls warm. Umgekehrt verhält es sich, sobald der kalte Farbanteil überwiegt.

Silber und Gold

Für die Metallfarben Silber und Gold gelten ebenfalls unterschiedliche Empfindungen: Silber wirkt kühl, Gold eher warm.

Entwirf doch einmal eine Collage in warmen, goldenen oder in kühlen, silbernen Tönen. Dazu benötigst du verschiedene Papiere in Gold und Silber (auch Zeitungspapier), welche dann zu einer Collage zusammengestellt und aufgeklebt werden. In vielen Wasserfarbkästen sind Gold oder Silber enthalten. Im Hintergrund vollenden warme Farbnuancen die goldene Collage, bzw. kühle Farben die silberne Collage. Sobald alles getrocknet ist, kannst du mit Hilfe von Aquarellbuntstiften in die Flächen zeichnen und so interessante Strukturen und Akzente setzen.

Es gibt verschiedene Arten von Gold- und Silberfarben: Aquarell- oder Deckfarben, Acrylfarben und Gouachefarben. Du kannst sie alle auch in Kombination mit anderen Aquarellfarben anwenden. Wer es nicht ganz so abstrakt mag, kann auch eine goldene oder silberne Stadt, ein Schloss oder eine Burg malen.

Überlege dir dazu eine passende Geschichte: Es war einmal …

Stillleben mit kalten und warmen Farben

Zeichne zunächst mit zarten Bleistiftlinien ein Stillleben mit Obst, Gemüse, Schalen oder Gefäßen. Damit die Formen richtig entstehen können, ist es hilfreich, alle Linien übereinander zu zeichnen, so, als ob alles durchsichtig wäre.

Anschließend radierst du die überflüssigen Linien der weiter hinten liegenden Elemente aus. Mit dem wasserfesten Permanentstift legst du die Formen endgültig fest.

Nun kannst du das Stillleben entweder in warmen oder kalten Farben weiter gestalten. Dazu bemalst du die Flächen erst mit Aquarellbuntstiften in unterschiedlichen Schraffuren, die du anschließend mit Wasser und Pinsel anlöst. Eine Kombination mit Aquarellfarben ist natürlich auch möglich.
Es macht auch Spaß, die Formen des Stilllebens übereinander zu zeichnen oder zu verzerren. So wird die Darstellung abstrakter.

Wenn man Vasen und Flaschen zeichnet, ist es manchmal schwierig, die Motive symmetrisch darzustellen. Probiere einmal Folgendes: Ein Blatt Papier (ca. DIN A5 groß) wird in der Mitte zusammengefaltet. Mit einem Stift zeichnest du nun an der Faltkante die Hälfte einer Flaschen- oder Vasenform und schneidest diese aus. Nach dem Auseinanderklappen ist so ein vollständiges Objekt entstanden!
Auf diese Weise kannst du mehrere verschiedene Muster entwerfen und sie auf deinem Aquarellblock arrangieren. Du kannst dann auch leichter darüber entscheiden, welche

Formen vorne und welche Formen hinten stehen werden. Eine waagerechte Linie bildet die Tischkante.

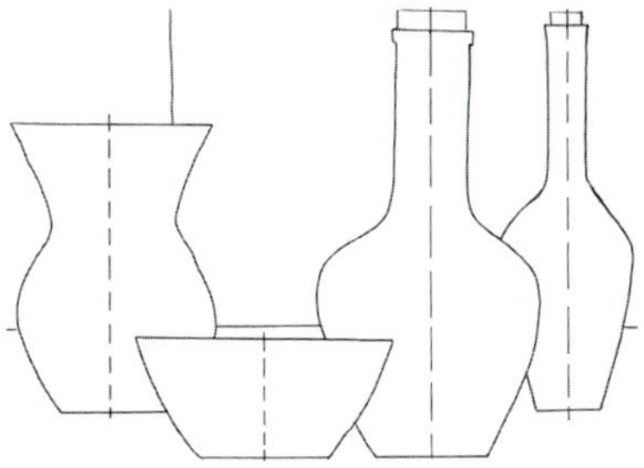

Mit einem Bleistift zeichnest du die angeordneten Objekte nach und stellst ein eigenes Bild zusammen.
Sobald man kalte und warme Farben miteinander vermischt, erhält man eine reiche Palette von braunen und grünen Farbtönen.

Die zugeschnittenen Formen kannst du noch einmal benutzen! Diesmal jedoch zeichnest du alle Formen so über- und untereinander auf, als ob sie durchsichtig wären.

Die neu entstandenen Flächen und Objekte sind nicht mehr so gut erkennbar. Damit hast du einen ersten Schritt in Richtung Abstraktion getan.
Nachdem du die Linien mit dem wasserfesten Permanentstift zeichnerisch erfasst und durch einige Muster oder Strukturen ausgestaltet hast, malst du mit Aquarellfarben in die Flächen.
Probiere dichte und lockere Pinselstriche aus, damit helle und dunkle Bereiche entstehen können. Dabei kannst du nun ganz bewusst kalte und warme Farben innerhalb eines Bildes einsetzen. Du wirst sehen, dass die Bilder dadurch viel spannungsreicher wirken, als diejenigen, in denen ausschließlich warme oder kalte Farben verwendet wurden.

Farbqualitäten

Kraftvolle Farben oder zarte Farben?

Alle Farben, die wir bisher besprochen haben, waren reine oder klare Farben. Mischt man diese Farben mit etwas Deckweiß, Schwarz oder Grau, so werden sie stumpf, man sagt auch „gebrochen". Sie verlieren ihre Intensität und ihre Leuchtkraft. Zugleich ändert sich der ausgeprägte Charakter der jeweiligen Farbe, ihre Farbqualität. Sie wird zart, weich und anpassungsfähig.

Suche dir eine beliebige reine Farbe aus und mische sie auf einer Farbskala zur einen Seite hin mit Deckweiß und zur anderen Seite mit Schwarz oder Grau. Diese Übung kannst du auch gerne innerhalb einer beliebigen Landschaft ausprobieren. In diesen Beispielen wurden den Mischungen zwischen Gelb und Rotorange die Farben Weiß bzw. Schwarz zugefügt.
Wenn man klare, leuchtende Farben mit zarten Farben kombiniert, so führt das zu ganz interessanten Ergebnissen. Manche kontrastreichen Farbkompositionen lassen sich durch die Beimischung von Weiß in Harmonie verwandeln. Die Farben treffen sich im Licht.

Ein Spukschloss

Um auszuprobieren, wie gebrochene Farben wirken, eignet sich das Motiv eines Spukschlosses besonders gut. Zeichne zunächst eine Burg oder ein Schloss und stelle dir vor, es wäre Nacht und Vollmond. Mische alle Farben, die du verwenden möchtest, mit Weiß oder Schwarz. Dabei ist es gut, eine Mischpalette zu benutzen, damit der Farbkasten nicht zu stark beschmutzt wird. Mit schwarzer Kohle und weißer Kreide kannst du weitere Akzente setzen – Schraffuren oder das Verwischen der Kohle oder Kreide ist möglich. Probiere es mal aus, das ist eine interessante Mischtechnik.

Du kannst auch ein Aquarellblatt zunächst ganz in blauen und grauen Aquarellfarben bemalen. Wenn alles komplett getrocknet ist, setzt du eine Zeichnung mit Zeichenkohle und weißer Kreide auf das Papier.

Grau – Braun – Weiß: Wenig Farbe …

Wenn man die Farben sehr stark mit Weiß und Schwarz vermischt, erhält man eine große Anzahl von verschiedenen grauen oder braunen Farbtönen. Falls die Mischung zu dunkel ausfällt, lässt sie sich beliebig mit Deckweiß aufhellen.
Es lohnt sich, auf einer Skala verschiedene Grautöne einzutragen und dabei unterschiedliche Mischungen auszuprobieren, zum Beispiel schwarz, schwarz/ocker, schwarz/orange, schwarz/blau, schwarz/grün. Stelle auch jeweils eine Mischung mit Deckweiß her!

Wenn du diese Art der Farbgebung in einem Landschaftsbild anwendest, erscheint dieses eher farblos und trist. Diese Wirkung kannst du gezielt einsetzen, beispielsweise, wenn du eine düstere, farblose Stimmung darstellen möchtest.

... in der Landschaft

Interessant kann dein Bild auch dadurch werden, dass du die triste Wirkung durchbrichst, indem du einen Akzent oder einen Lichtpunkt in das Bild setzt. Wie beispielsweise eine rote Sonne.
Dazu zeichnest du die Landschaft zuvor mit Ölkreiden. Male die rote Sonne ganz mit roten und gelborangen Ölkreiden aus. Mit grauen und braunen Ölkreiden werden die Wiesen und Felder skizziert und alle anderen Flächen in Aquarelltechnik ausgestaltet. Verändere die Farben hier ebenso mit Deckweiß und Schwarz. Feinheiten (wie z. B. die Äste an den Bäumen) kannst du auch bei dieser Technik mit Aquarellbuntstiften zeichnen.

Farbharmonien

Farben und Komposition

Wenn wir auf einem Bild oder einer Farbkomposition die Farben betrachten und miteinander vergleichen, stellen wir fest, dass manche Farben mehr in den Vordergrund treten, andere wiederum den Eindruck machen, als würden sie tiefer im Hintergrund liegen. Gleichzeitig erscheinen die Farben, die „im Vordergrund" liegen, größer; sie machen sich breit, sie nehmen mehr Platz ein als die anderen, die „im Hintergrund" liegen.

Aufgrund dieser Beobachtung hat man versucht, theoretisch unter den Farben ein Gleichgewicht herzustellen. Man hat eine Farbkomposition angefertigt, wobei man den grellen Farben weniger Fläche, den ruhigen, stillen Farben mehr Fläche zugeordnet hat.
Diese Farbkomposition kannst auch du in einfachen Quadraten darstellen. Dabei wird jeder Farbe eine bestimmte Anzahl von Quadraten zugeordnet. Die grellen, schreienden Farben bekommen weniger, die ruhigen, stillen Farben mehr Quadrate (Fläche).

So entsteht folgende Tabelle:

Gelb	3 Quadrate
Orange	4 Quadrate
Rot	6 Quadrate
Grün	6 Quadrate
Blau	8 Quadrate
Violett	9 Quadrate
Folgende Farben stehen dann im ausgewogenen Qualitätswert zueinander:	
Blau + Orange	= 8 + 4 = 12
Gelb + Violett	= 3 + 9 = 12
Rot + Grün	= 6 + 6 = 12

Damit du dieser Theorie nun praktisch auf den Grund gehen kannst, zeichnest du auf deinem Aquarellblock möglichst gleich große Flächen (36 Unterteilungen) auf und füllst diese dann mit den entsprechenden Farben. Sicherlich wird niemand so mathematisch an ein Bild herangehen. Dieses Experiment hilft jedoch zu verstehen, wie Farben gezielt eingesetzt werden können, um eine harmonische und ausgewogene Komposition zu erhalten.

Tipp

Deine Unterteilungen müssen nicht quadratisch sein – du findest bestimmt auch andere Formen. Hier bietet es sich an, die Unterteilungen zunächst mit einem zarten Bleistiftstrich vorzuzeichnen, um eventuell Korrekturen vornehmen zu können. Probiere es einmal aus – ist sehr interessant!

Unterwasser-Welten

Wie kannst du nun diese Farbquantitäten in die Praxis umsetzen und ein Bild in Farbharmonie entwickeln?
Ich mache dir dazu folgenden Bildvorschlag: Zeichne mit einem wasserfesten Permanentstift eine fantasievolle Unterwasserwelt.
Versunkene Schlösser, Schiffe oder ein Riff, bewachsen mit vielerlei Arten von Pflanzen treffen wir dort an. Bunte Fische, die in unterschiedlichen Wassertiefen leben, große und kleine.
Male die Zeichnung anschließend mit Aquarellbuntstiften oder Aquarellfarben aus.

Durch die Darstellung von viel Wasser hast du automatisch einen höheren Anteil der Farbe Blau (Violett) im Bild. Das Riff und die Fische gestaltest du dann in den kräftigeren Farben (Orange und Gelb) aus. Rot und Grün sollten zu gleichen Teilen vorkommen.

Tipp

Wenn du die Farbe des Wassers im unteren Teil des Bildes dunkler machst, erzeugst du den Eindruck von Tiefe.

Du kannst auch ein Unterwasserbild gestalten, indem du zunächst ein Riff mit vielen Wasserpflanzen, Muscheln und Korallen malst. Auf einem anderen Blatt zeichnest du einige Fische mit einem schwarzem Stift auf und färbst sie mit Buntstiften ein. Nun kannst du die Fische ausschneiden und auf die zuvor entstandene Unterwasserwelt kleben.

Eine weitere Möglichkeit, eine Unterwasser-Welt darzustellen, besteht darin, in dein Motiv echten Sand einzukleben. Bestimmt hast du noch mehr gute Ideen!

Gelb trifft Blau

Am Beispiel der Farben Gelb und Blau lässt sich die Quantität der Farben deutlich darstellen.

Betrachte zunächst einmal intensiv die beiden gleich großen Farbkreise. Zuerst den gelben und dann den blauen Kreis.
Du wirst feststellen, dass die gelbe Farbe eher ausstrahlt, eine Bewegung aus ihrem Zentrum herausbekommt und sich dir, dem Betrachter zu nähern scheint. Die Farbe Gelb „sticht“ ins Auge. Das Blau hingegen zieht sich in sich zusammen, ähnlich einer Schnecke, die sich in ihr Häuschen verkriecht, und entfernt sich vom Betrachter. Das Auge „sinkt“ in die Tiefe der blauen Farbe.

Diese Wirkung nimmt noch zu, wenn man helle und dunkle Töne hinzufügt:

Die Wirkung von Gelb steigert sich bei der Aufhellung, die Wirkung von Blau steigert sich bei der Verdunklung der Farbe. Diese Tatsache bekommt noch ein größeres Gewicht, wenn man bemerkt, dass das Gelb dermaßen zum Hellen neigt, dass es überhaupt kein sehr dunkles Gelb geben kann. Es existiert also eine tiefe Verwandtschaft von Gelb und Weiß, ebenso wie auf der anderen Seite von Blau und Schwarz, da die blaue Farbe durch Verdunklung eine Tiefe bekommen kann, die an Schwarz grenzt.
Du hast also festgestellt:

GELB – das Licht
aggressiv, scharf, warm, nah, abstoßend, aktiv, nach vorn kommend

BLAU – der Schatten
unscheinbar, in sich gekehrt, kalt, fern, anziehend, passiv, zurückweichend

Um diese spezielle Farbwirkung zu erkunden, kannst du eine Landschaft in gelben und eine Landschaft in blauen Farben malen. Welche Wirkung haben die beiden verschiedenen Farb-Bilder auf dich? Nimm dir Zeit für eine genaue Betrachtung.

Wenn du dir die Wirkung von Blau und Gelb bewusst vor Augen geführt hast, ist es auch möglich, die Farben gezielt zum Einsatz zu bringen, um deinem Bild einen besonderen Ausdruck zu verleihen. Zeichne mit Aquarellbuntstiften eine Landschaft und löse die Farben anschließend an. Die Kombination mit Aquarellfarben ist auch möglich. Bei diesen beiden Beispielen hat man das Gefühl, der blaue Himmel in dem einen Bild liegt weit in der Ferne, während der gelbe Himmel im oberen Bild stark nach vorne drängt.

Hell- und Dunkelkontraste

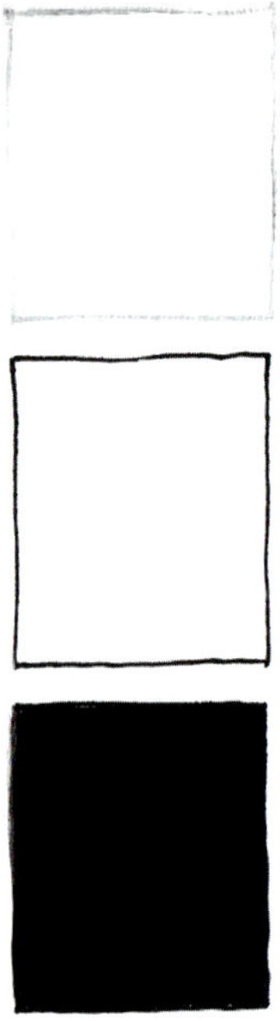

Der Hell-Dunkel-Kontrast in einem Bild entsteht durch die unterschiedlichen Helligkeiten und Tonwerte (Farbabstufungen) zweier Farben.

Alle Farben können mit Weiß aufgehellt und mit Schwarz verdunkelt werden. Jede Kontrastwirkung ist relativ: In einer Bildkomposition wird eine große, dunkle Form bedeutungsvoller, wenn ihr eine kleine, helle Form entgegenwirkt. Ein Grauton erscheint hell oder dunkel, je nachdem, ob er mit einem dunkleren oder helleren Ton in Verbindung steht.

Wenn du ein weißes und ein schwarzes Viereck auf einem weißen Blatt darstellst, kannst du erkennen, dass das weiße Viereck erst dann weiß wirkt, wenn du es mit einem Grauton umrandest. Schon das hellste Grau kann ausreichen, um diese Wirkung zu erzielen.

Diese Wirkungen kannst du auch in deinen Bildern einsetzen! Zur Übung kann es ganz interessant sein, einige Farben aufzuhellen (+ Weiß) und zu verdunkeln (+ Schwarz). Nebenbei entstehen jede Menge Mischfarben.

Teile dein Blatt in beliebige Flächen, bestimme einen hellen Schwerpunkt und male umliegenden Flächen in möglichst vielen gemischten Farbtönen aus. Mische alle verwendeten Farben einerseits mit Weiß (oder mit mehr Wasser) für die hellen Bereiche und andererseits mit Schwarz, um die Schattenbereiche zu malen.

Tipp

Im hellen Farbbereich findest du die Farben Gelb, Gelborange, Ocker, Gelbgrün und alle Farben, die einen hohen Anteil Gelb besitzen. Gelb + Weiß ist die hellste Farbmischung. Im eher dunklen Farbbereich liegen die Farben Blau, Blaugrün, Braungrün, Grau, Blauviolett und alle Farben, die einen hohen Anteil Blau besitzen.

Unterwegs ...

Stell dir vor, du gehst durch die Abenddämmerung oder durch die Dunkelheit der Nacht. Der Weg führt durch einen Wald, durch einen Park oder an erleuchteten Häusern vorbei. Weg oder Straße sind beleuchtet.
Optimal wäre es natürlich, wenn du zuvor eine Nachtwanderung machst, dann kannst du dir so einen Weg durch die Dunkelheit noch besser vorstellen! Mit Hilfe von Skizzen ist es möglich, sich die Farben und Eindrücke zu merken oder zu notieren. Wie sieht das Licht einer Straßenlaterne aus, wie ein beleuchteter Baum? Wenn du die Möglichkeit hast, kannst du auch Fotos machen.

Wenn du in deinen Bildern mit der Darstellung von Licht und Dunkelheit arbeitest, ergeben sich interessante Hell-Dunkel-Kontraste. Ein leuchtend gelber Weg durch eine im Dunkeln liegende Landschaft ist allein schon ein starker Kontrast.
Zeichne mit einem Bleistift zunächst einen Weg auf das Blatt Papier und das, was neben dem Weg steht und wächst. Den Weg gestaltest du nun mit Aquarellfarben in leuchtenden gelb-orangen Farbtönen. Sobald die hellen Farben getrocknet sind, kannst du die dunklen Flächen gestalten. Mit Aquarellbuntstiften verleihst du deinem Werk noch letzte Feinheiten, indem du z. B. Fenster, feine Äste oder Gräser einfügst.

... in der Nacht

In der Dämmerung wirken die Farben der Umgebung aber auch oft grau oder bräunlich. Wie du vielleicht bei der Mischübung festgestellt hast, gibt es ganz unterschiedliche Braun- und Grautöne, die nun hier zum Einsatz kommen können.
Suche dir ein beliebiges Motiv aus (z. B. Foto, Postkarte, Illustrierte) und verändere alle Farben, indem du versuchst, möglichst viele Braun- und Grautöne zu mischen.

An einer ausgewählten Stelle bringt eine Lampe mit Hilfe von Gelb und Weiß Licht in die Dunkelheit des Bildes.

Zeichne dein Motiv zunächst mit dem Bleistift auf und gestalte die Flächen mit Hilfe von Aquarellfarben und Aquarellbuntstiften. Rechts siehst du weitere Beispiele.

Ein gewaltiges Gewitter

Sehr interessante Hell-Dunkel-Kontraste ergeben sich auch, wenn du ein Gewitter malerisch darstellst. Dunkle, graue Wolken schieben sich am Himmel entlang, bedrohlich anzuschauen. Helle Blitze zucken ...

Zeichne zunächst mit Ölkreide eine Landschaftslinie im unteren Bereich deines Blattes, so hast du viel Platz, um den Himmel darzustellen.

Mit gelber und weißer Ölkreide zeichnest du Blitze in den Himmel, mit grauer und weißer Ölkreide verschiedene Wolken.

Eine Variationsmöglichkeit: Gestalte mit Ölkreiden in verschiedenen Grautönen die Umrisse einer Großstadt. Mit Gelb und Orange deutest du in den Häusern die Fenster an, mit Weiß und Gelb die Blitze. Mit einem kleinen Pinsel und viel Wasser tupfst du nun Farbe in die Flächen. Versuche mit viel Wasser möglichst viele Grauabstufungen zu mischen (z. B. schwarz, schwarzblau, schwarzocker), um die Wolken darzustellen. In die nasse Fläche tupfst du an den Blitzen entlang Wasser, so dass sie noch heller erscheinen.

Tipp
Wenn du mit der Kante der Ölkreide zeichnest, werden die Linien schmal und fest.

Wie Tag und Nacht

Bei der Illustration von Tag und Nacht spielt der Hell-Dunkel-Kontrast ebenfalls eine wichtige Rolle. Helle Farben wirken noch heller, wenn du ihnen dunkle Farben entgegensetzt und umgekehrt. Verschiedene Himmelsfarben verändern jeweils die Atmosphäre deiner Bilder.

Versuche auch einmal, eine Landschaft mit einem tiefblau-schwarzen Nachthimmel zu gestalten ...
Wer mag, kann vorher eine Zeichnung mit Ölkreiden machen.
Die Flächen werden dann mit Aquarellfarben in Aquarelltechnik bemalt.

Licht und Schatten

Um dich einzustimmen, wäre es sehr schön, wenn du ein Motiv aussuchen könntest, auf dem eine starke Licht-/Schattenwirkung zu sehen ist.

Zeichne dieses Motiv mit Bleistift auf dein Papier. Einige Einzelheiten kannst du natürlich auch weglassen. Betrachte das Motiv als Ausgangsidee für deine ganz persönliche Umsetzung.

Sobald die Skizze fertig ist, kennzeichnest du Licht- und Schattenbereiche. Male nun in Aquarelltechnik mit Aquarellfarben. Dort, wo sich helle Bereiche befinden, kannst du mehr Wasser in die Farbe mischen oder sogar Deckweiß benutzen. Dann lässt du die Farben erst einmal trocknen. Anschließend werden die Schattenbereiche mit Grau betont (Schwarz + Braun mit Blau gemischt, mit hohem Wasseranteil oder Deckweiß). Mit Aquarellbuntstiften lassen sich Feinheiten und Akzente nacharbeiten.

Im nächsten Schritt suchst du ein weiteres oder ein ähnliches Motiv aus. Diesmal jedoch malst du die Schatten farbig!

Das heißt, dass man statt grauen Schattierungen blaue, violette, dunkelrote oder dunkelgrüne Schatten malt. Welche Wirkung entsteht dadurch? Was ist anders? Versuche viel zu mischen!

Der Komplementärkontrast

Eine Besonderheit hat es mit den Farben auf sich, die sich im Farbkreis gegenüber liegen. Das sind:
Rot – Grün, Gelb – Violett und Blau – Orange.

Diese Farben stehen in einem starken Kontrast zueinander. Man nennt dies den Komplementärkontrast. Komplementärfarben sind auch in ihrer Wirkung entgegengesetzt, fordern sich gegenseitig, steigern sich nebeneinander zu höchster Leuchtkraft und vernichten sich in der Mischung zu einem Braungrau.

Gelb und Violett stellen den stärksten Hell-Dunkel-Kontrast dar. Grün und Rot hingegen haben einen eher gleich starken Lichtwert und sind gleichwertig hell.
Blau und Orange ergeben den stärksten Kalt-Warm-Kontrast.
Wenn Komplementärfarben in einem ausgewogenen Verhältnis in einem Bild vorkommen, stellen sie ein vollkommenes Gleichgewicht für das Auge her. Hier spricht man von Farbkompositionen bzw. Farbharmonien (siehe Seite 36).

Mache einmal folgende Übung:
Unterteile die Fläche des Aquarellblocks in 16 gleich große Quadrate oder Flächen. Wähle nun ein beliebiges Komplementärfarbpaar aus und setze die Farben in möglichst ausgewogener Anordnung ein. Dabei kannst du die beiden Farben an einigen Stellen auch miteinander vermischen.

Wenn du Komplementärfarben untereinander mischst, entstehen wieder eine ganze Reihe neuer Mischfarben.

Fundsachen

Sammle verschiedene Gegenstände, wie z. B. Schrauben und Nägel, Knöpfe, Kerzenständer, Steine, kleine Dosen, Wäscheklammern oder kleine Vasen und skizziere diese Gegenstände zunächst, um dich mit den Formen auseinanderzusetzen.

Stelle dir hinter dem Gegenstand einen Rahmen vor. Es kann auch etwas abstrakter werden, wenn du ungewohnte Ansichten zeichnest.

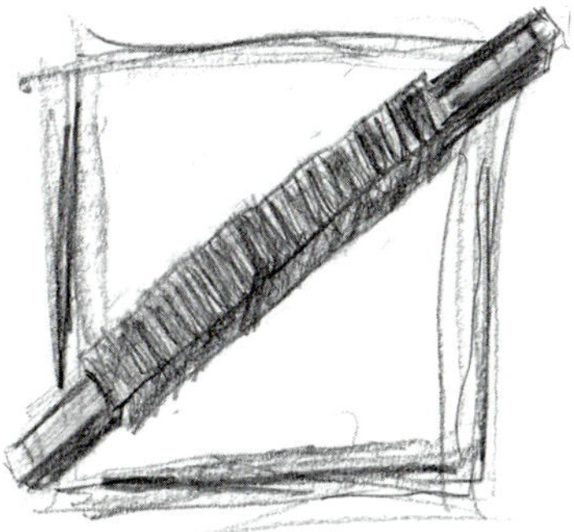

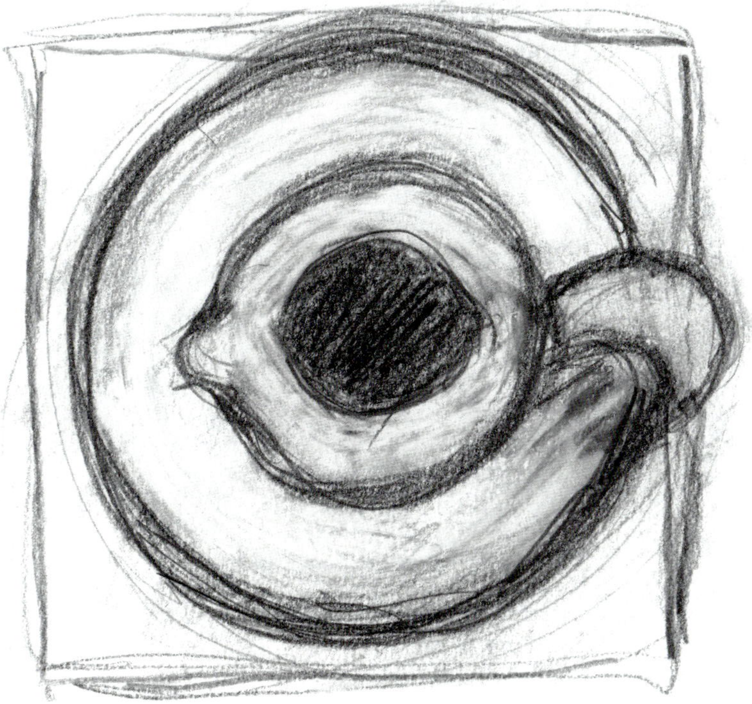

Diese Vorzeichnungen kannst du nun natürlich auch farbig gestalten. Das kannst du tun, indem du dir ein bis zwei Komplementärfarbpaare aussuchst, mischst und mit diesen die Flächen gestaltest.

Wenn du die Farben nebeneinander aufbringst, erreichst du eine starke Kontrastwirkung. Vermischt du die Komplementärfarben an manchen Stellen miteinander (z. B. in Schattenbereichen), so schaffst du eine Brücke zwischen den Kontrasten.

Tipp

Schau dir vorher noch einmal den Farbkreis an. Auch alle Mischfarben, die sich gegenüberliegen, sind komplementär zueinander.

Mit deinen Fundstücken ist es auch möglich, ein Stillleben der „etwas anderen Art“ zu arrangieren. Zeichne die Formen so, dass das ganze Papier gefüllt ist, also schön groß.
In diesem Beispiel wurden gleich mehrere Komplementär-Farbpaare einbezogen. Probier das ruhig einmal aus!

Tipp

Damit es nicht zu kompliziert wird, kann man mit dem Bleistift großzügig vorzeichnen und überflüssige Linien wegradieren, bevor das Bild mit Aquarellfarben und Aquarellbuntstiften weiter ausgestaltet wird. Setze den Komplementärkontrast ein!

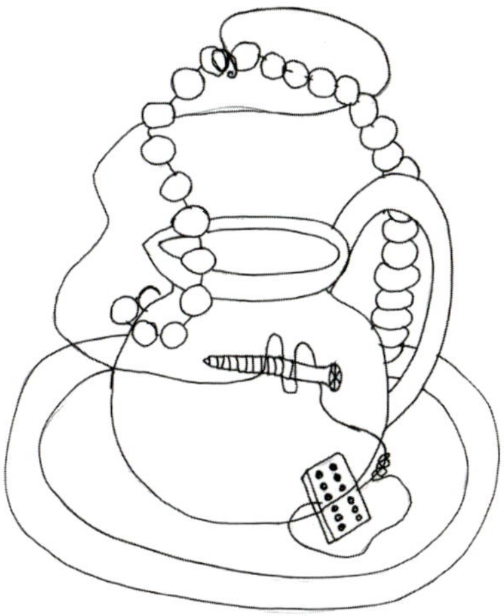

Gemüse, Gemüse!

Vielleicht hast du Lust, an Stelle von Fundsachen auch einmal etwas ganz anders, beispielsweise verschiedene Gemüsesorten als Motiv zu zeichnen und zu malen? Halte deine Motive erst einmal zeichnerisch fest. Danach beginnt die farbliche Ausgestaltung. Probiere bei diesem Beispiel auch die Mischung zwischen dem Komplementärfarbpaar aus und bemale die Stellen, die besonders betont werden sollen, mit den klaren Farben.

Tipp

Benutze für den Schatten die entsprechende Komplementärfarbe. So springen die verschiedenen Gemüsesorten aus der Fläche und es entsteht eine besondere Bildspannung.

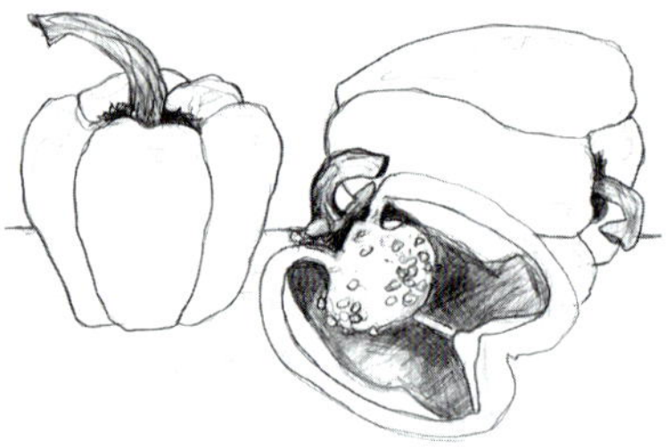

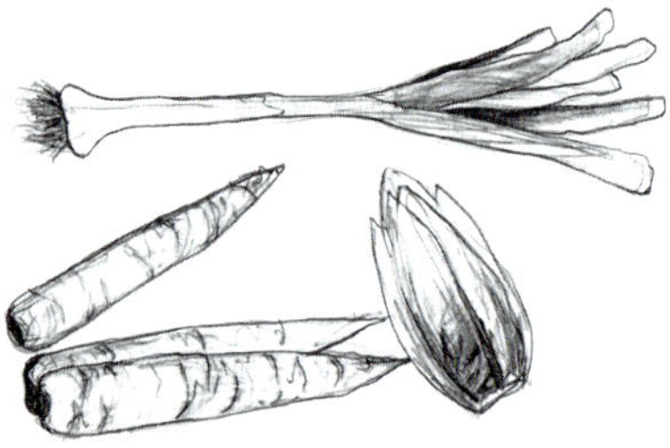

Wer mag, kann auch mit Ölkreiden die Gemüsesorten auf das Papier zeichnen. Mit schwungvollen Linien und Farbaufträgen wird der Hintergrund anschließend mit Aquarellfarbe bemalt. Achtet dabei darauf, dass die Linien stark genug sind, damit die Effekte in Kombination mit den Aquarellfarben auch zur Wirkung kommen.

Landschaften

Wenn du ein Landschaftsbild mit Komplementärfarben gestaltest, erreichst du durch die Art des Kontrastes einen starken Ausdruck. Du wirst aber auch feststellen, dass die Farbgestaltung solch einer Landschaft eher kräftig wirkt.

In diesem Fall ist es sehr interessant, zuvor mit Ölkreide großzügig auf das Papier zu zeichnen, z. B. Wolken und eine Bodenlinie mit Gräsern, Blumen oder Büschen und anschließend mit Aquarellfarben weiterzumalen.

Probiere verschiedene Farbkompositionen aus. Denke dabei auch an das Thema „Farbquantitäten". Das bedeutet, dass wenig gelbe Fläche einer großen Fläche Violett entgegentritt, bzw. etwas Orange einer größeren blauen Fläche gegenübersteht und Grün und Rot in gleich starker Intensität vertreten sind.

Auf der anderen Seite kann es auch ganz spannend sein, zu erforschen, was passiert, wenn du die „Farbquantitäten" nicht berücksichtigst. Probiere einmal aus, wie es wirkt, wenn Orange/Gelb viel stärker im Bild vertreten ist als der Gegenpol Blau/Blauviolett.

Lass dich von den Zeichnungen inspirieren und entwickle hieraus eigene, ausdrucksstarke Farbkompositionen! Löse dich dabei von den Farben, die in der Natur vorkommen – es kann ruhig etwas abstrakter werden!

Tipp
Schau dir Landschaftsbilder von Vincent van Gogh an und suche in diesen nach Komplementärkontrasten.

Der Simultankontrast

Die Wirkung des Simultankontrastes beruht auf dem Komplementärgesetz. Dieses besagt, dass eine reine Farbe physiologisch ihre Gegenfarbe, ihr Komplementär, verlangt. Ist diese Farbe nicht vorhanden, so erzeugt das Auge „simultan", das heißt gleichzeitig, die entsprechende Komplementärfarbe.

Das hört sich fast an wie Zauberei, ist es aber nicht. Mit einem Experiment kannst du die Wirkung des Simultankontrastes ganz einfach feststellen:

Befestige ein Blatt mit einer reinen Farbe (ohne Einmischung von Weiß oder Schwarz), wie z. B. eine Grundfarbe oder Mischfarbe zweiter Ordnung, an einer weißen (neutralen) Wand und betrachte es intensiv und längere Zeit. Konzentriere dabei deinen Blick ganz gezielt auf dieses Farbblatt. Nach etwa drei Minuten entfernst du das Blatt und schaust danach auf dieselbe Stelle. Nun kannst du die Komplementärfarbe sehen! Das bedeutet, dass unsere Augen nach Farbharmonie streben. So kann es passieren, das die Farbwirkung in einem Bild durch diesen Umstand verschieden ausfallen kann.

Jede Wahrnehmung ist subjektiv. Interessant ist, dass diese Reaktion unserer Augen nicht nur bei der intensiven Betrachtung einer einzelnen Farbe stattfindet, sondern ebenso bei Kompositionen mit mehreren Farben.

Der Farbe-an-sich-Kontrast

Der Farbe-an-sich-Kontrast entsteht, wenn man reine Farben in bunter Zusammenstellung verwendet. Die Einbeziehung von schwarzen und weißen Flächen können dabei noch die lebhafte Wirkung steigern.

Koffer packen

Zu diesem Thema kannst du ein so genanntes abstraktes Bild entwickeln, indem du Folgendes ausprobierst:

Stell dir vor, du möchtest verreisen und packst dazu alle möglichen Anziehsachen und anderes in einen Koffer. Zeichne mit dem Bleistift über- und untereinander, so dass alles total durcheinander gerät.

Mit einem schwarzen wasserfesten Permanentstift zeichnest du anschließend die meisten Linien nach und fügst Schraffuren und Muster hinzu. Gestalte die Flächen anschließend mit Aquarellfarben oder Aquarellbuntstiften und benutze hierzu reine Farben. Wenn du neben die reinen Farben schwarze, graue und weiße Flächen stellst, wirst du feststellen, dass die reinen Farben umso kontrastreicher und leuchtender erscheinen.

Abstrakte Formen

Die Übereinanderlagerung von Flächen lässt sich auch auf andere Bereiche übertragen. Beim Beispiel rechts oben liegen verschiedene Vasenformen als Idee zugrunde. Um die Farbwirkung zu steigern, wurden einheitliche weiße und schwarze Flächen in die Komposition eingebaut. Manchmal entstehen aus solchen „Liniengeflechten“ auch ganz interessante neue Bilder mit kuriosen Formen. Viel Spaß beim Experimentieren!

Farbe zeigt Wirkung

Farbsymbolik

Im Laufe vieler Jahrhunderte haben Farben eine symbolische Bedeutung erlangt. Diese Symbolik kann in den verschiedenen Kulturen völlig verschieden sein. In der Übersicht findest du einen kleinen Querschnitt der Farbsymbolik.

ist die Farbe der Reinheit und Symbol für die Unschuld. Die Farbe Weiß hat zu allen anderen Farben einen neutralen, gleichzeitig aber einen starken Kontrast. Sie ist die Farbe der Kälte und in manchen Ländern der Welt die Farbe der Trauer.

ist die Farbe der Trauer. Sie besitzt vornehme Eleganz und kontrastiert stark gegen andere Farben. Auf einem Bild dient Schwarz zur Betonung der Formen. Schwarz symbolisiert auch das Böse.

Schwarz und Weiß sind die Farben, die am meisten gegeneinander kontrastieren.

ist die Farbe der Energie und des Lebens. Als Brücke zwischen Blau und Gelb bildet Rot ein Gleichgewicht zwischen dunklem und hellem Pol. Eine wichtige Warn- und Sicherheitsfarbe, vor allem im Straßenverkehr.

ist eine besonders warme und aktive Farbe. Sie erinnert an die Sonne. Gelb symbolisiert aber auch Neid, Hass und Eifersucht.

ist die Farbe der Ruhe, der Ausgewogenheit und der Ferne. Die Farbe Blau steht für Unendlichkeit und Beständigkeit. Sie symbolisiert die Treue.

ist eine aktive, aufreizende und draufgängerische Farbe. Die Farbe Orange ist eine sichtbare und grelle Farbe, die auffällt und anregt.

ist die Farbe des Frühlings. Grün symbolisiert die Hoffnung und ist für die Augen und die Seele eine wohltuende und beruhigende Farbe.

hat keinen eigenen Charakter, da es sich nach dem Verhältnis der beiden Komponenten (Rot und Blau) richtet. Violett schwankt dadurch zwischen den Eigenschaften kalter und warmer Farben.

passt sich jeder Farbe an und reflektiert deren Ausstrahlung.

gehört zu der Familie der Erdfarben.

Farbe ist ein Phänomen, das man nur gefühlsmäßig aufnehmen kann.

Gefühle darstellen

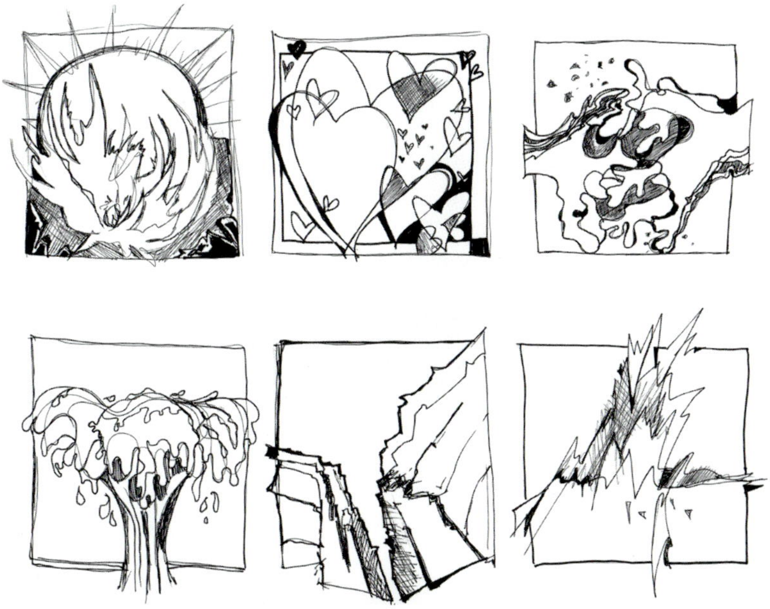

Mit dem Wissen um die Symbolik der Farben kannst du nun auch Gefühle bildnerisch darstellen. Setze die Farben hierbei aussagekräftig ein.

Sammle zuerst alle möglichen Begriffe, wie Freude, Glück, Liebe, Freundschaft, Müdigkeit, Trauer, Zorn, Wut, Mut, Enttäuschung, Zwiespalt und entdecke die Darstellungsmöglichkeiten. Dann kannst versuchen, die Gefühle zunächst zeichnerisch mit weichem Bleistift (B – 4B) oder mit einem wasserfesten Permanentstift darzustellen.

Zur Verstärkung der Aussagekraft fehlt nun natürlich noch die Farbe! Nach allem, was du bereits weißt, kannst du die passenden Farben ganz gezielt einsetzen.

Welche Farbe haben Wut und Zorn in deiner Vorstellung? Wie sieht Freude aus? Male und mische die Aquarellfarben in die Flächen. Zum Schluss kannst du Feinheiten noch mit Aquarellbuntstiften nacharbeiten.

Mit Musik geht alles besser

Je nachdem, wie man so drauf ist, können Farben deine Freude, deine Zweifel oder deine Traurigkeit widerspiegeln.

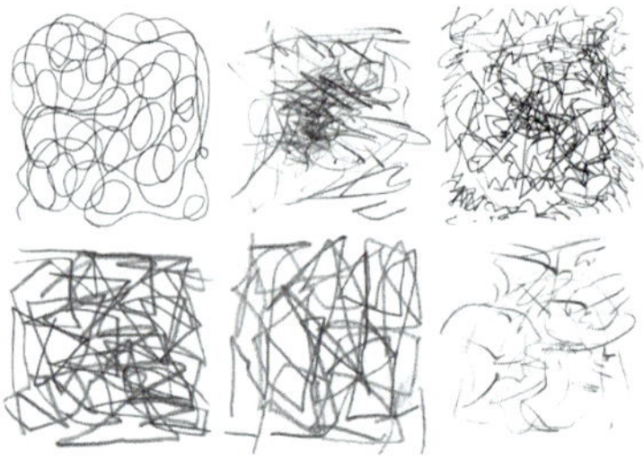

Lass raus, was dich bewegt. Das geht mit Musik natürlich viel besser. Suche dir dazu ein Musikstück aus, das dir gut gefällt – egal, ob klassisch, poppig oder rockig. Dazu nimm jeweils ein Blatt Aquarellpapier und einen weichen Bleistift (4B).

Nun geht es los: Lasse den Bleistift auf dem Papier zum Rhythmus der Musik tanzen! Schließe kurz die Augen, lausche der Musik und lass dich auf den Rhythmus ein.

Was passiert bei ruhiger, leiser, was bei heftiger, rhythmischer Musik? Zeichne lichte Stellen, mit wenigen Linien, und verdichte andere Stellen, indem du viele Linien kreuz und quer übereinander zeichnest.
Anschließend lässt du verschiedene farbige Buntstifte auf dem Blatt tanzen.
Mit Aquarelltechnik wird das Musikbild weiter gestaltet und bemalt.
Nach welcher Farbe ist dir heute?

Die Autorin bietet für Kinder und Erwachsene Workshops in Kreativem Zeichnen und Malen an.

Informationen unter:
www. Kunstforum-Reimann.de

Ich danke meinen Kindern Anna, Lena, Sarah und Manuel für die vielen Bilder, die für dieses Projekt entstanden sind.
Mit farbigen Grüßen
Martina Reimann

Bibliografische Information der Deutschen Bibliothek
Die Deutsche Bibliothek verzeichnet diese Publikation in der Deutschen Nationalbibliografie; detaillierte bibliografische Daten sind im Internet über http://dnb.ddb.de abrufbar.

in der Verlag Kreuz GmbH
Postfach 80 06 69
70506 Stuttgart

www.urania-verlag.de

Umschlaggestaltung: Behrend & Buchholz, Hamburg
Lektorat: Gabriele Betz, Tübingen
Satz: Arnold & Domnick, Leipzig
Printed in Germany

ISBN 978-3-332-02002-1